# 聖稜線

陳家帶 著

# 目錄

## 輯二

## 輯三 亞熱帶憂鬱

## 輯四 城市之光

## 輯五 時間的右岸

序

# 智取與情勝

余光中

面對陳家帶的最新詩集《聖稜線》，讀者當會發現有以下這些特色：他的詩在語言上出入古今，文白兼行。古的一面，又可析為常用典故，成語，對仗。〈烏鴉的更正啟事〉一詩，先後就引入了愛倫坡的〈大鴉〉和華萊斯·史蒂文斯的〈看山烏的十三種方式〉，詩末更把「天下烏鴉一般黑」的成語顛覆。又如〈失速的夏夜〉，第一段就涉及瘂弦與七等生，而第三段又令我聯想到希區考克、覃子豪、布朗寧。〈冬日微笑〉之中，成語也多達五個，其實題目也間接取自柏格曼的影片。典故與成語都常出於文言，如果都隆重地引用，身分自然顯著。陳家帶卻一筆帶過，就淡化而訴諸聯想了。典故與成語往往出於對仗，這現象也常見於陳家帶的詩，例如〈夢工場〉的前二段：

一

天空極簡
藍到不行

生命寂寥
淡出鳥來

乃有幽浮烏托邦之思

二

桃李櫻杏
美得冒泡

「藍到不行」與「美得冒泡」對仗得很有趣，但原屬文言的對仗，此地卻是用白話來說，而且是此刻在台灣流行的口語。這種巧拼而又陡降的趣味在〈漢字風景〉一詩中也有呼應：

九一一廢墟的灰塵
飄落到慧能的禪宗廂房
本來無一物
何處惹——
什麼玩藝

徐冰的〈漢字風景〉，我也在香港的美術館中見過，當時的感覺，是徐冰巧將中華書道戴上面具，令人似曾相識，卻又有口難言，先是一驚，繼而一笑，被騙得喜歡這騙子。我有口難開，陳家帶卻完成了一首絕妙好詩。

此外，陳家帶的語言還有兩個特色。他之有異於目前一般詩人者，至少有一半是由於具有如此特色。其一就是少用「的」字，另一則是少用尾大不掉的長句。中文目前的白話文，幾乎所有的形容詞都得用此語尾。例如「單調的」、「兄弟一般的」、「淑女似的」、「國立的」、「更好的」，在英文裡因為形容詞有語尾變化，大可說成monotomous, brotherly, ladylike, national, better，卻沒有這麼單調。「的」字往往避免不了，但少用與多用甚至濫用之間仍能見出高下。尤其在詩中，一行之中如果用了兩個「的」或更多，就會顯得冗贅。我自己寫詩時，會盡量少用「的」，因此在改時，常把這冗字刪掉，讀起來反而簡潔得多。

目前一般詩人常自命在寫所謂「自由詩」，不但「的」字無力自律，而且愛用長句，每每一行長逾十三、四字甚至長達二十字以上。這對無辜的讀者（尤其是朗誦者）造成視覺、聽覺和了解上的吃力。現代詩之失去讀者，絕對與此有關。陳家帶能自律，很少一行太長。更幸運地，是他也少用迴行。他在此集之中，還有幾首詩，每行只有兩個字。

以上所言都針對《聖稜線》的語言。以下容我再分析他的思路、詩路，甚至風格。據他向我透露，他的詩路正沿著後現代而行，但並不順理成章，並不想一路走下去。我認為這就對了。從此集看來，他的來歷尚包括現代主義之餘澤，甚且古典與浪漫的影響。

陳家帶的詩兼有感性與知性，但是如此分析，未免太籠統了。倒是在用心與風格上，不妨將他的詩分成「智取」與「情勝」兩大類來談。此地的「智」，近於英文的wit，也就是英國十七、十八兩個世紀文壇所標榜的價值。「智」取的詩，動人情感的成分遠不如動人驚喜之巧妙；〈費里尼魔術〉、〈夢工場〉、〈漢字風景〉、〈十二生肖練習曲〉等作均屬此類。至於「情勝」一類的詩，則應包括〈烏鴉的更正啟事〉、〈極短歌〉、〈鋼琴課〉、〈哀悼柏格曼〉等篇。「情勝」類之作，作者比較投入，故較主觀，同時形式也較單純而有貫串。例如〈哀悼柏格曼〉一首，純以瑞典電影導演柏格曼的代表作，組成了一串感性生動的意象，在柏格曼、代表作、粉絲，我四者之間，造成四鏡互映的幻覺，十分動人。又如〈鋼琴課〉，雖然說的不是自己而是別人（學琴的孩子），詩體不是純抒情而是敘事，情感飽滿卻敘事生動，從「把身體出借給蕭邦」一直到「大雪崩／無言的粉身碎骨」，十分成功。相比之下，「智取」的一類詩，就沒有那麼「主題化」，往往得寄託於因字生字，以詞引詞，要多靠聯想了。

陳家帶擅長經營意象，常有出人意外的創意。隨手拈來，就可以舉出下列佳例：

一、枝頭睡意濃密如松針。

二、大海彈奏它的藍調。
三、用音樂最溫柔的母語說。
四、比風還快的劍比劍還快的花
　　比花還脆弱的東晉王朝。

〈西風頌〉的題目雖借用浪漫的雪萊，卻是不折不扣的諷刺詩，用西風東漸，遠來居上的來勢壓倒東風來批評目前的文化界，科技已經取代了文化：

蘋果電腦
比蘋果香
可口可樂儼然
世界代言人

〈極短歌〉一首，乃智取卻直達情勝一類詩之典型，不得不提：

君臨天下
而臣服於天

口是吾的一部分
心是愛的一部分
人是你的一部分

君臨愛
而臣服於愛人

# 沿著詩的地圖

陳家帶

這冊詩集《聖稜線》分五輯，每輯十二首，共六十首。

輯一〈失神記〉，地景詩。
輯二〈室內樂〉，藝術生活。
輯三〈亞熱帶憂鬱〉，小我之詩。
輯四〈城市之光〉，環境、文明、科技生活。
輯五〈時間的右岸〉，十行詩十二首合成的組詩。

聖稜線，雪山向北蜿蜒至大霸尖山的稜線，奇美無匹，許多台灣山友足下最愛，一條發亮的黃金古道，引為新詩書名，正因大自然是創作的靈感火山。從之前〈過河買茶〉、〈讀報追雪〉、〈金山日出〉、〈玉山日出〉、〈貓空找茶〉，乃至〈碧潭宴〉、〈鐵觀音在我身體旅行〉、〈四個遠足〉，到本書〈太麻里〉、〈九降風〉、〈日月船歌〉、〈合歡交響詩〉，長路迤邐行來，都在現代山水的同一風景線上。

輯一〈失神記〉除詠讚地景，兼及物換星移，季候嬗遞，而在光輪中悠然忘我，去人失神，自是無限嚮往。其中〈烏鴉的更正啟事〉始於猛禽定義，終至打破約定俗成的口頭禪、慣用語，甚至迷信，可算「打著黑旗反黑旗」。

輯二〈室內樂〉奏鳴的是琴棋書畫電影，可遠抵觀念藝術，文字烏托邦。以現代詩之名，請來王羲之、蘇軾、蕭邦、費里尼、柏格曼、雷奈、侯孝賢、徐冰等傑出藝術家，既是禮讚，約近於跨行隔空對話。

輯三〈亞熱帶憂鬱〉自思念同心圓向外輻射，有情即有詩，最近最遠都見祝福。〈我的基隆港〉位處圓心，它是〈雨落在全世界的屋頂〉之發射塔，亦屬悲歡笑淚的噴泉。〈冬日微笑〉則在碎裂崩塌的世界後，微力拼圖重組「美好的一日」。〈最遠〉一詩，引楊喚〈我是忙碌的〉作韻，楊詩抖擻明快，和此詩反差頗大，〈最遠〉針刺「最近」的自己。

輯四〈城市之光〉因感於太平卻又亂世，西風強壓東風，希祈為科技時空塑形，為邊角人物顯影。〈二二八祝辭〉一字一行，字的質感和句的張力更顯珍貴。〈泛神論者的領土宣言〉擔綱主演者，全為失傳或瀕臨絕種動植物，還有遙遠神祕的星群，我們只有一個地球、無數宇宙，泛神論者的邊界何在？

輯五〈時間的右岸〉十二詩，以花、舟、雨、禽，以窗、鏡、塔、神，以兵、門、岸、書，素繪人間面容千儀百態，依序吟遊。個人長居景美溪右岸，分針秒針也滑入人生右岸，此組詩或為纜索，定錨綰住時間；或為光線，極速追趕時間；而不容置疑的是，我們正在為來無蹤、去無影的時間錄影攝像。

沿著詩的地圖，前行，佇立，轉身，徘徊，每個夢幻讀者都可以是嚮導，只要堅持走下去，定當尋得心中那條黃金聖稜線。

二〇一五年十二月／台北

# 輯一 失神記

攝影・戎兒

# 烏鴉的更正啟事

一隻烏鴉打神祕遠方飛來
讓我頓悟蒼茫為何物

炊煙恬恬　繼續伸它的懶腰
和焦慮症的天空有點格格不入

烏鴉翺翔的靈感明顯高於我
而我只能低頭揣摩玄鳥的象徵

塔樓鐘響　引來第二隻烏鴉

午後西行之日越描越黑
我眼見暮靄成局難再拆解
只好豎起白旗　向詩人愛倫坡
第三、四隻烏鴉接踵而至
牠們開始討論永生問題好像是
欲飛無翅　不走恐成猛禽禁臠
我手足無措　心神發慌
編號一三的烏鴉終於報到
現下　連逃逸的鐘聲都有千鈞重量
為了證明夜的博大精深

也為了粉碎流行久遠的迷信
我決定加入粉絲團按讚
因為　天下烏鴉並不一般黑呀

# 九降風

風　以一長串亂句
吹過野地所有參差凹凸的記憶
那來不及結伴遠足的草芥
等待鳴啼的早冬
把風堆向一座城

力催茶花旋舞的九降風
引領槐樹的葉子自由落體
偶爾它換個節奏
穿越圍籬去撲金桔的空

這風是深諳修辭的
一回回漂亮旋身
天問似地轟然翻越雪山山脈
輕拂桃園台地　直達
漣漪陣陣的光陰池塘——

水流為苔石吟詠
動詞為名詞舉哀
空中飛舞的蒲公英
正連結著某個幸運關鍵字

九降風　押著東韻
吹出曲調神祕的口哨
它濃縮於一句句叮嚀
去醒轉無數微型世界

九降風　合乎自然文法
平等為森然羅列的萬物協奏
稻浪　柿園　城隍廟
創造了新竹風光的一天
也特寫出在風中
停　看　聽
的
你

# 聖稜線

夢中我穿越黑森林
紅檜圓柏冷杉借煙霞談天
紫藤青蘿也來串門子
直到攀抵圈谷——冰河侵蝕
風化的地球故鄉
我看見年輕的我
正點數靚亮的名字
水晶蘭，鹿蹄草，杜鵑花
迎面不經意撞醒
半幅惺忪的旭日

夢中我縱走亂石陣
密靄深雲同登無極
以雪命名
為次高山標識
在千壑之上萬瀑之上
我看見中年的我
巡禮著正午壯麗的群巒——
北稜角
凱蘭特昆山
雪山北峰
穆特勒布山
素密達山
布秀蘭山
巴紗拉雲山……

向北北東
再北　迤邐出一條
力爭上游的風景線——
夢中我降臨大霸尖的箭竹叢
形如覆桶的世紀奇峰
粗礪　冷峻　雄渾
上蒼在此立碑
絕壁落款無字天書
欲語還休
鵂鶹，藪眉，相思鳥
囀出神氣的讚歌向晚
我看見年邁的我
正張耳收聽
自然之心　音樂之魂

昨日今日明日
鞋印隱喻的浪子
浪子分泌的笑淚
連成高拔的黃金古道
崎嶇顛簸卻大美不言——
我　是天地的忠僕
於焉裸裎，匍匐，膜拜……
我暗忖不該反客為主驚動山水
只容雪霸這條聖稜線悄悄複刻
燙金。我夢中之夢

# 太麻里

暴風雨橫掃過額際
溫泉自肩胛骨間湧落
胸膛演化著海岸山脈
腰部以降，每臨夜晚
飄起燈火們簡約的慾望

金針花編織頭髮
蜜蜂頭上唱山歌
聲音傳到谷底只剩白水打拍子
更遠的沙灘，流浪者

正赤足撿拾紫貝殼

這裡是日升之地
高崗長號吹散黑暗
金鳥以弦琴報曉
台灣最美一條海岸線
自太平洋交響樂裡醒來

中央山脈在背後看得清楚
棕櫚抽長，鯨豚舞泳
風景裡有一萬種風情
獨獨我，隱去名字
甘為島嶼背書

# 日月船歌

林霧悄悄拉開簾幕時
有人逐白鹿
而遇見日月潭

茄苳樹的影子盡頭
某些山中傳說
溺死在裡面

傾斜　天空以傾斜為樂
蒼鷺加持水面

黃昏快閃　來不及收容
向夜湧動的浪花

星星搖槳吶喊
映照出彼岸群巒
清淨的原形

也映照出人世啊
汙濁困頓　無光無明
乃求一潭日月之合體……

# 合歡交響詩

合歡山
一隻朱雀
孤單地
跳上蒼松枝椏
立著立著
不知不覺凍結在時間裡頭

問候一句句
自高天飄下來
清白無邪的

雪　語焉不詳
滑過朱雀眉睫間
深邃的睡意

（賞雪人已走了
登山客還沒來）

合歡山
悲風
周旋
拍打亂石
拂袖而去
朱雀凝神定睛
霧靄掩映半壁杉林

占領白日
一隻袖珍鳥
孤單地呼喚蟲魚鳥獸
焦急而語焉不詳
呼喚東風南風
西峰北峰

（登山客還沒來
賞雪人已走了）

在合歡連峰
枝頭睡意濃密如松針
朱雀哆嗦　等無回音
遂啄破了眼前的山水畫——
哆　哆　咪嗦

犀利解凍了好幾匹瀑布

展現意志一隻隱形鳥
振翅飛出隆冬
抖落漫天大雪
定格風景一下子全然醒轉
時間圈養的青苔長大了
春天　正含苞欲裂

# 失神記

風正在梳理陽光
木麻黃伸伸懶腰
大海彈奏它的藍調
天氣好好
好到讓小鎮發愁莫名

旅行過天空彼端的鷗鳥
並未啣回任何消息——
已供奉好久好久
神龕，用夢的柱子支撐著

尖塔鐘聲
迴盪在背後山谷
蒸騰一則陌生傳奇
出軸的每朵雲
都刻著異鄉人的名字

每朵雲裡面
看得見變幻萬千的宇宙
每個異鄉人
只是地球一聲嘆息

一點暈黃舟影
一隻藍調音符
幽光、古琴、廢墟……

# 45．失神記

就像所有失寵的事物
離神越來越遠

然而陽光正在梳理心情
天氣好好，好到
可以暫時失神

可以無神

# 失速的夏夜

夏天落下來，在島嶼北西北
河流出口。自遙遠海平面
夜落下來，以不如歌的行板
黑眼珠落下來

彤雲　灰燼落下
晚風　旌旗　羽毛落下

夏天夏天喧嘩地落下來
在廣大繽紛的騷動之上

在生命版圖的北西北
黑髮洶湧落下來
掩去俗麗熾烈的白晝

霧落下
蒲公英落下
潮汐　指針　船帆落下

夏天　寂靜地落下來
在飽滿的虛空之上
寄託於夜。更高
更美的夜落下來
自你黝黑的靈魂失速
落在我心臟中央地帶

# 為秋天訂做的廣告

秋天　我說
你是個病美人——
在白樺樹上
你染患帕金森
在百合花裡
你得到幽閉恐懼症
在黃金葛藤蔓
你錯亂了生之方向

病於夏日

鐘聲破表
燒壞你腦子
病於你那負載太多光陰
因而搖搖欲墜的身影

秋天
你是個病美人
蟋蟀鑽入你裙角示警
啄木鳥飛來香肩做定期保養
你卻渾然不覺
黃金公演無限期延後
舞台　就這樣清空了

病於遺忘
病於倒嗓

## 51．為秋天訂做的廣告

病為琴碎夢斷的世紀女高音

秋天　秋天
你是遲暮美人
躡手躡腳移進
神經兮兮的白露節氣
你暈眩　北半球也跟著暈眩

你以酷暑為病
無力呼喚風雨
人們以你色衰為病
說是換季症候群

秋天　我說
你真是個病美人——

在水湄幫落日寫生
折斷了蘆葦的手掌
在三更拍完滿月遺照
瘋狂上傳到雲端
無可救藥——你
讓美給害出一身相思病

# 暴雨短箋

苦難行吟的一顆露珠
因天空靈感洶湧
而成暴雨

暴雨限時專送
夾帶有聲書箋報平安
閃電蓋上銀亮郵戳
收信欄仍空著

空著遠方

空著微笑
空出山光雲影的獨白

暴雨箭矢穿石
暗黑精靈傾巢而入
遙寄的婆娑世界
只剩半座荒寺在時間腳下

暴雨演繹著心情狂草
宣紙墨痕亂紛紛
該當煙消霧散
靜候麗日來回覆

# 時間的四種詞性

剎那絕非永恆
認識剎那的不可逆
旅行美麗的人生什麼
以及錯過旅行美麗的人生什麼

剎那地日升月落
剎那著登頂墜崖的喜悲
哭笑每一刻度的時光
以及悔恨哭笑每一刻度的時光

# 行板

天
皺著
雲眉
海
拂起
浪袖
微風
走路
扣應
遠方

光
擊沉
日鼓
山
快遞
鳥群
柳樹
沉思
閃避
暮雨

# 輯二 室內樂

攝影・戎兒

# 快雪時晴帖

快

比風還快的劍比劍還快的花
比花還脆弱的東晉王朝
快意飛出一隻
歌乎天地舞於鬼神的
狼毫筆

## 雪

灰天下面的樓閣樓閣上面的美雪
雪孕育的偏安殘夢
白，白，白到骨子裡
沒人知道
硯台什麼時候偷偷僭位的

## 時

因想念
而空虛
心頭懸盪的漏壺
屏風過濾的人影
恍惚流入將滿的墨池

**晴**

破雲而出的晴朗
一直照進山陰去
解讀過盛代
也解構著亂世
迴光反射在案几攤開的痲紙上

**帖**

一揮而就行書
二十八顆驪珠
兩行欲吐難言欲言難明的凹凸心事
駕著神思臨降人間：
一面旌旗，一口黃鐘，一幅天字……

# 東坡棋

月光照見驍勇精靈
一匹匹登上
汴京的大棋盤
非黑即白的詭譎人生
勝負　乃兵家常事

你落子星空中心點
感嘆飲酒　唱曲
還有對弈
本不是看家本領

無奈以下駟對上駟——

完美對稱的亦步亦趨
或長　或尖
或跳　或飛
半局棋行禮如儀　安靜若禪
至多拚個平手罷了

你卑微的心願
敵不過朝廷激烈論戰
畢竟烏鴉鼓譟
那些柴米油鹽
比這琴棋書畫更泛政治

月光點醒佛印和尚

左思右想　他
前行後效　你
打劫　無關打家劫舍
作活　更未涉苟全性命

一貶再貶的宦途
詩文　同病相憐
流浪的字各自承載意義的痛
不如隱姓埋名為棋子
合力圍築迷你長城

山風咳嗽聲
是益發濃重了
黃州　惠州　儋州
綁在一條不繫之舟

你但求天下統合於嬋娟

月光祕藏很遠
很殺的鼓聲　暗暗
搖撼大宋江山的棋盤
契丹　西夏　吐蕃　大理
每朵烽火都是一個驚嘆號

夜霧加持的刀光劍影
預示著夏夷消長
當鳴金時刻
你眼下這場陣仗
正在內心擺設

和而不同的棋譜——

你創發的東坡定石
江流石不轉　九百年來
連接人心與天機的
最小一片當下

附記：圍棋遊戲中，每步棋都跟著對手下在對稱處，這種模仿戰術叫做「東坡棋」。長、尖、跳、飛、打劫、作活、定石，皆下棋術語。

# 晚餐前彈蕭邦

晚餐前彈奏蕭邦雨滴前奏曲
激情、憤怒、絕望隨著大片冰雹墜落
鋼琴已蹦出物理上極暴力聲響
心裡最美的那根弦則不可說
含混的囈語。神諭的缺席
一切都在預示悲哀
無須重整鼓號

五線譜行路難
音階崎嶇，人生險巇

如何印證一闕浪漫樂九彎十八拐
黑鍵哭，白鍵笑
行路難，難於
上天堂下地獄

晚餐前彈奏蕭邦雨滴前奏曲
念珠、沉岩、崩雪在一炷香裡完結
瓦解了音樂的結構，也暗喻著
鋼琴家凌遲的命運
音符消亡尤勝語詞
一切都走到盡頭了
故也無救贖的可能

# 鋼琴課

「純粹的美，是……」
文字翻譯為音符
學琴的孩子
把身體出借給蕭邦

下行音階一排一排
木槌擊到心裡。鋼弦
震動，音箱鳴響
和井底失寵的星星齊憂傷

學琴的孩子
小手滑行黑白鍵，琶音
打水漂竄上，驚醒月亮引吭
一同呼喚鋼琴的靈魂：

降D大調雨滴
先於風抵達臉頰
鏡面倒映一切有為法
升C小調雙人
舞蹈如夢幻泡影
E大調離別無力
回頭如露亦如電

彈琴應作如是觀——

十指疾馳時光列車
雙掌起落，煞停不住
孤獨主題是隧道
比死亡更難穿越

魔音傳腦閃過空白
學琴的孩子失手
失手於鋼琴。大雪崩
無言的粉身碎骨

隱身五線譜。蕭邦本尊
用音樂最溫柔的母語說
「孩子，在逃逸的
四個八分音符底下
夾藏了天真之愛……」

# 室內樂

冬天不出門
在屋子舉燈夜讀
安頓一下自己
外面的冷山凍水
交給遠天孤鳥去賞析

風在玄關賣關子
乍高還低　交談著
晦澀的暗黑音符
然後一舉穿透屏風

是月光驚奇演出

冬夜不出門
居家收攏心情
把平時蒐藏的春　夏　秋攤開來
展示成一卷卷扇畫
靜美未名

布穀鐘有點困惑
指針是否走得太快
飲水機咕嚕咕嚕
激起無盡的沸騰
烤箱準備好　讓佳餚出爐
冬天不出門

想像外頭馬路積雪盈尺
想像郵輪傾斜　機場封鎖
不免為迷途的怪夢
尋合意的解套

閣樓最聰明的那面鏡子說
只要一機在手
智慧點召音樂
就能攀爬台北101那般
逐步登上快樂之巔

# 費里尼魔術

把蘑菇變成降落傘
把牛排變成直升機
直升機變成希望的零件
降落傘變成失蹤的雪意
失蹤的雪意小丑的笑
希望的零件兒童黑眼睛

把兒童黑眼睛變成淚的池塘
把小丑的笑變成巨樹開花
巨樹開花大地之母

淚的池塘馬戲班子
馬戲班子旋轉風車
大地之母火的象徵
把火的象徵
變成夢的解析
把旋轉風車
變成通靈人

樂隊排演愛情神話
甜蜜生活羅馬風情畫
卡比利亞之夜鬼迷茱莉
流浪漢白酋長賣藝春秋
卡薩諾瓦阿瑪珂德揚帆
把舞國大路

變成女人城
把女人城變成
八又二分之一

# 哀悼柏格曼

我哀悼二〇〇七
我哀悼芬妮與亞歷山大
我哀悼穿過黑暗的玻璃
哀悼秋光奏鳴曲
哀悼夏夜微笑
哀悼處女之泉
哀悼野草莓
哀悼假面
我哀悼死神下棋的第七封印

哀悼缺乏靈魂支撐的肉體
我哀悼你的所有粉絲
所有粉絲哀悼你

芬妮與亞歷山大哀悼你
穿過黑暗的玻璃哀悼你
秋光奏鳴曲哀悼你
夏夜微笑哀悼你
處女之泉哀悼你
野草莓哀悼你
假面哀悼你
二〇〇七那年
哀
悼你

我哀悼銀幕全黑的第八藝術

哀悼缺乏肉體印證的靈魂
我哀悼你的所有粉絲
我哀悼我自己

# 閱讀侯孝賢

每個青春都有一座風櫃
賣力讓風櫃演繹悲歌
你的眼神也少年了

在風塵戀戀的白光黑影裡
反覆聽聞蟬語鐘聲的辯論
關於愛與背叛
你沒說什麼

人生戲夢你深諳

如何穿越老態龍鍾的風景
如何江山打掉重造

重返童年客家村
你撈起純真之我
照見死亡巨大如蟲蟻

一個親密省份的陌生國民
交相殘害　奔逃於悲情城市
一椿偏遠藩鎮的黑衣傳奇
還魂為刺客聶隱娘
掌控全局的你
也沒說什麼

沒說你最好的時光

存在每一格寓意深長
卻又波瀾不驚的電影鏡像

# 去年在馬倫巴

我和雷奈相約
去年在馬倫巴晤面
自從去年在馬倫巴口耳相傳
馬倫巴成為一個密碼
遂失蹤如桃花源

我乘著時光機回到
去年回到馬倫巴
那些精雕細鏤的廊柱台榭
依然堅持著巴洛克

那些ＡＸＭ沒有名字的
角色依然失去記憶
依然活在慢速重播中
幾何圖案的夢中花園
模稜曖昧的情愛線索
鏡影般隱喻深奧
鏡頭僅僅
觸及皮相

馬倫巴　馬倫巴
一盞孤零零的吊燈
一盤西洋棋殘局
一座遺忘迷宮
不可思議的美

我和雷奈相約
去年在馬倫巴看去年在馬倫巴
但他已奔赴更為迢遙不可知的馬倫巴
我只好回到未來
回到沒有雷奈的世界
觀賞我的馬倫巴

# 夢工場

一

天空極簡
藍到不行

生命寂寥
淡出鳥來

乃有幽浮烏托邦之思

二

桃李櫻杏
美得冒泡

寒流凍鮮
妙計留春

百花共和國於焉誕生

三

親愛的
我們都是
時間的載具

99．夢工場

在巨鐘冷峻的眼瞼之下
我們締造的藝術，奇詭
脆弱……無異夢工場
出乎寫實
入於象徵

# 漢字風景

## 一

徐冰創造
有字天書
形如春泉秋石
聲若高山滾日
這些燈籠一般醒目的偽漢字
懸掛著
四千盞
悲愴

二

徐冰創造
無字地書
以記號
以符碼
穿越地球
共同的記憶
各自的憂鬱

三

九一一廢墟的灰塵
飄落到慧能的禪宗廂房

本來無一物
何處惹——
什麼玩藝

漢字新風景

附記：徐冰為當代藝術家，曾在中國文革時期創作四千多個無人能懂的漢字，變成藝術品。詩中三景皆是裝置藝術。

# 十二生肖練習曲

我內心
潛伏的動物
赫見**牛**頭**馬**面
熊心豹子膽
呻吟時往往
**虎**頭**蛇**尾
只因懾於對岸
河東獅吼
唉，好個亢**龍**有悔

我詩中
豢養的動物
用象形文字
畫出來
不免於獐頭**鼠**目
**雞**鳴**狗**盜之流
直到**豬羊**變色
起來造反
猶見**兔**死狐悲

月光柵欄外
黑夜女神所護持的
一群小怪獸
披戴鳳毛麟角
**猴**犀利地
載歌載舞

# 輯三
# 亞熱帶憂鬱

攝影・戎兒

# 冬日微笑

晨霧正在給山水上色
日影移至最佳位置
某個庭園角落飄出
冷冽神祕的幽香
盆栽水仙們
舞踊著希臘神話
藍鵲飛來樹顛
高調寒暄
鄰人把車開離夢境
趕去上偉大的班

高架駛過的捷運則轟轟烈烈
所有風景堅持美麗
且行禮如儀
我翻開自己
聽見深藏不露的裡面說
這完好的一日
終將碎裂

這完好的一日
終將碎裂
白雲蒼狗徒呼負負
許多凍僵的鏡子
起火燃燒
東北季風哭號
弄皺了綠湖

也加深樹輪的記憶
長街過客踩著傷痕
呼痛向遠方
摩天輪那頭已轉了好幾圈
地上掉落誰枯萎的心呢
我不甘風景變臉
且依然行禮如儀
決意彎身拾起支離分崩的世界

一朵一朵地努力微笑
為了下回合日出

# 我的基隆港

雨陣
東岸碼頭
牛車。茶室
酒吧。威士忌
高牆。操場。童軍服
橄欖球。彈子房。補習班
抽屜。走廊。山崗。鋸齒狀
校訓。連環圖。黃色刊物。毛玻璃
青苔。墨跡。長巷姑娘。平信。主日禮拜
深澳坑。綠頭巾。隧道。光合作用。鼓號樂隊

火車站。汽笛。公用電話。眼淚。旗杆。精神堡壘
彩券。電子琴。通訊行。廟口夜市。果菜批發
古屋。運河。觀海亭。照妖鏡。跌打損傷
婦產科。幼稚園。養老院。葬儀社
船塢。砲台。煙囪。防波堤
白燈塔。夕日。影子效應
舊書店。曇。命相舘
嗩吶。和平島
戲院。神壇
卡拉OK
鬼節

# 亞熱帶憂鬱

七隻鳥在你腦海循環飛行
北緯東經無須衛星導航
陰暗照耀的地球角落
我正啟程，想像
你以及你的亞熱帶憂鬱

雪的召喚
引你神馳……遠方
平行宇宙的更遠方
你執迷初履人間的山雪

片片狂草成絕景
上頭有烏雲落款

長日傾斜
亞熱帶憂鬱
以純黑為核
幻視幻聽旋轉門
在你心底開開關關
迴旋，反轉。不如放空

靈魂，免於時光機中崩壞
放空風帆，淨化
藍海；放空暮色
昇華夜。那時
我正在沙丘編織

你，以及你的亞熱帶憂鬱
在沉默的闊葉林中長高
叩曇天，問霪雨
遙見極地白雪伸手
卻不可得。你渴望

回到未來的美好過去
輕吻夢的封印
你手捧陶缽盛滿月光心事
露珠沿眉尖滴下
月光如雪心事如雪
回到苦澀的未來我要
回到黃昏前失眠的窗口

讓音樂養胖的精靈
排列成幽浮隊形
佔領你以及你的
亞熱帶憂鬱

缺雪性憂鬱！緊急
降落你心底的七隻鳥
旋轉啊看不見的空門——
突圍　穿越　攀登
我們攜手跣足朝聖
我將採集海拔三九五二的
玉峰雪意融解你，以及

你的亞熱帶憂鬱

# 彷彿在高雄

## ——詩贈施夢紅

彷彿在高雄。素樸壽山
總是斜向風雲際會的西子灣
那遠走獅城，颮捲塵埃的
鹽埕詩人來去
如一陣西北雨

西北雨。癲狂的
少年台灣，把青春消磨在

禁忌／開放
愛慾／救贖的戲台
整個下午
無極神明沒有現身
而藝術等同魔術
何以能擺渡生命

應該，應該是高雄——
鼓山在前，旗山在後
那鹽埕詩人重整旗鼓
航向更遠更深的南中國海
直抵馬六甲海峽
採探天涯芳草。那鹽埕
商人獨煉薄荷精油
灑遍三洋八方

自成香料王國，有情有味
盛極多時，背影一尊
揚帆立下的許諾飄蕩如新
無名礁沖刷回來的
昔日文字飄流物：
孤僻，浪漫，稀罕
崇尚高古而有餘溫
在陽光下閃爍其詞
難以言宣

彷彿在高雄。素樸壽山
總是斜向風雲際會的西子灣
那落戶獅城，情寄港都的
鹽埕詩人，只等赤道颳起

盛大一場西南風
送他回鄉

# 父與子的輪旋曲

以風之美聲朗讀露珠
以愛之花葉裝訂族譜

父親在院落散步
父親在霧陣散步
父親在夢中散步

一針一線的苦雨
編織著前世旅程
欲訴還休這幽暗人生

眼底猶有餘光待啟

父親在臥室睡覺
父親在雲端睡覺
父親在夢中睡覺

風箏吹落童年
線頭收不住手
開了又謝的夏天
嘴角划行的笑意擱淺

父親在客廳唱歌
父親在天上唱歌
父親在夢中唱歌

全音半音散落滿地
紅橙黃綠藍靛紫
歸入一個空字
以死之絕色……

風與愛的輪旋曲
以父與子之名

# 五月節

花神，逐狂風而至
紛紛落馬於庭園灌木間
鳥鳥無語
天摺疊著天
五月，最殘酷的季節
連夢都缺光缺電
缺通關密語
臥室摸黑，偵得
拐杖

針線盒
假牙
咳嗽聲

記憶庫泯滅
康乃馨的顏色
惦惦地泯滅
狂風中飄忽的燭影
五月不可承受之冷

不可承受梅雨、搖椅
一盅已涼未透的老人茶
彼岸花。不可承受

五月，最殘酷的月份

普天之下都在慶祝他們的母親節
吾黨小子，只能過一個
時間土石流掏空的
□□節

# 詩經夜讀

你藏著晚霞神色玲瓏睡去

當我行過詩經草原
看見一朵野芙蓉探頭含笑
僅僅一朵曖昧的影子
教我停下來搜尋本尊

然後夢遊的你跨進書房
輕細吹開尚未冷卻的註箋
突襲你面容那山洪

湧出的美麗朝我傾盆
深夜一場大雪悲傷欲絕

# 極短歌

君臨天下
而臣服於天

口是吾的一部分
心是愛的一部分
人是你的一部分

君臨愛
而臣服於愛人

# 哲學之道

始於忙碌

激盪頭殼的是岩漿或者蜜汁
蠱惑下體的是愛或慾
憂鬱領他臨水鑑照
且融入他的喜悅——
一個渾圓的夢烘烤著
假借夕日，他看見
自己熱騰騰的心
被南來避冬的候鳥啣走

終於盲路

# 神奇鳥

雲天
放逐
孤雁
灰影
投宿
沙灘
微弱
翕翼
拍響
億兆
星空

# 蝴蝶結

春
精靈
遠足日
百鳥朝鳳
彩虹七重奏
東風壓倒西風
雲騎地球出外景
宇宙屋頂深無底
引吭高歌天體
乾坤大挪移
永劫回歸
里程碑
淚泉
心

# 最遠

——借楊喚韻〈我是忙碌的〉

為了蒸發四大皆空的遠方
噩夢　吃掉一整排
鬧鐘
取靜（我是忙碌的）

日日青鳥駕臨
玻璃帷幕後面的高天
鶯飛草長　連雲端也

張貼綠色標語（我是
忙碌的）因為檔期因為距離
眼耳鼻舌身意　只能捐給
好樣的臉書　好料的亞馬遜
日日南風吹出些河水
有一滴沒一滴地
流淌於意識底層

遠方的遠方
低低奏鳴著午後
傾斜、燙金的光線（我
是忙碌的）
為了把胸際項鍊
轉成微型法輪

去最遠的自己旅行
在世界荒蕪之前

為了掌握當下
給夕陽立個數位牌坊
（我是忙碌的）因為
i瘋i怕　光電交響
瞬間人被拋到外太空的
窟窿之中只好用無邊的
夜色來洗滌甜蜜的憂傷
我……我……（我是忙碌的）

為了為了
去最遠的自己
旅行

# 輯四

# 城市之光

攝影・戎兒

# 太平亂世

一

太胖的道理
太瘦的
思想
太擁擠的地表，太孤單的
地球
太光禿的雨林
太軟弱的冰山
太威的龍捲風太殺的

地牛翻身以及
見證歷史，太遜的
萎人銅像

二

平平都是人
平平都有良心
平者笑，仄者哭
平的是人間，忽高
忽低是天堂地獄
平的是歌舞
曲的是歡樂
平的是胸中
塊壘，深的是城府

平的是現在
凹凸的是，未來

三

亂命懸一絲
亂來，亂去
不只秋風能吹亂一池春水
亂點鴛鴦譜
亂批生死簿
亂到鳳不集，河無清
神出鬼沒的亂臣賊子
無影殺手
亂刀亂槍送走
一堆甲乙丙丁

還有什麼比這亂字更亂的？

四

世界中心，在每個自我
世外桃源則譯作遠方
世事一盤迷棋
黑白難分
將帥束手
每顆盛裝虛空的心
即為琉璃
映照大千世界如花如葉
成為黑森林，小宇宙
成為無題詩
就等超萌先知路過

# 西風頌

當西風壓過東風
吹亂了山崗
吹皺著季節
茉莉花早早豎白旗
末代荷也香消玉殞
黃金號角一出
立時旋動整座原野

西風輕輕嘆口氣
夏之捲軸驀然落下

高閣上的諸子百家沉沉睡去
太陽照凸了黯淡的人影
桃花源仍是個謎
地球村已然成形

麥當勞隔壁
是屈臣氏，飛利普
香奈兒轉角
喚萬寶龍，勞力士
賓士汽車比紳士優雅
蘋果電腦
比蘋果香

當西風——西風壓過東風
手機中的歐文美語

臉書裡的金髮碧眼
當西風吹拂全世界
可口可樂儼然
世界代言人

秋歌緩緩
轉進哀樂小調
沒命嘶吼的號角越沉越黑
聲響蓋過所有絲竹笙磬
當西風壓過東風
而東風又不斷
不斷倒向西風

# 入口與出口

靈魂的入口

坐上捷運
鑽入夜的所有通道
智慧手機滑行幾下
端詳著沒有肩膀的城市
在政治迷宮
在101金字塔
與憤怒的太陽花之間
一隻鳥失足於電桿的五線譜

高樓窗格有人冷眼旁觀
列車載著歷史前進
面板上猶有幽光
那是青春充電中的靈魂

**身體的出口**

走下捷運
手風琴的聲響
昇華了陰暗的地下街
瘖啞樂手聽得見天籟
瞽者心中住著歌吟的上帝
搭乘電梯回到地面
融入城市一頁實體臉書
在仰首的太陽花

與101金字塔之間
開放的不只是一個早晨
有鳥預告身體的節慶
正要盛大揭幕

# 雨的邏輯

從蘇澳五結頭城
搖搖顛顛
過幾個窮鄉僻壤
山坳海岬
穿越三貂角到九份

若有東北季風
沿著冬日的邊邊角角吹奏
生命中不堪入夢的凹凹凸凸
雨陣重組又解構

拆卸了多少淚水的彈簧

從九份
下到八堵七堵
下到汐止不能更充沛
雨　就停了

# 城市之光

賣花女
捧著
凌亂
心房
一瓣
剝去
一瓣
落向
夜市
後面

流水
人家

# 兒童節

我抵達兒童節時
上升的太陽
布置在萬方矚目的寂靜裡
在幼稚園以外
幼稚的方圓以內：
那逃學孩子站立的位置
不就是一切的起源嗎？

失傳的童話在溪澗流動
知識標本

飛出教室
還原為蝴蝶吻花，蜻蜓點水——
他們歡天喜地
正在慶祝
我的離去

# 秋日奏鳴

一棵果樹纍纍結出秋心
雪紅雪紅地映亮庭前
好奇了整個暑假的寶寶
已經在注音符號的跌宕中忘掉此事

果實長得比屋簷還高
秋天長得比果實還高
寶寶循規蹈矩凝視老師的黑眼鏡
學問必定比秋天高些

一棵果樹兀自環繞木心
支吾支吾的輕脆婉約
翻開常識課本　寶寶發現
果樹被烏鴉鴉的森林所囚禁

果實落得比森林還快
秋天落得比果實還快
寶寶下課　快快回家
彷彿走得比秋天快些

# 愚人碼頭

燈束捲成圓筒，冷冷燒著雲母石的
方桌，思鄉病的水手圍坐——
圍作捕射抹香鯨的樣子：
金髮魔女居中，長裙曳地
裙上的鬱金香碎落
鹹濕的暗香岸香。船長他
睡在深春裡，又湧來

一股黑潮會合……
他們說起海了

夜溫柔地被觸及，星星
星星和菸蒂一齊彈下來
碼頭變身艨艟巨艦
他們開啟搜尋引擎
船長，船長的坐標呢？

# 二二八祝辭

我們插旗紀念終戰靈風

死命地吹在島嶼酣睡裡我們曾是多

縫 的 長 長 口 傷 的 愛 親 聲 鼾 的 大 巨 麼

即 心 人 的 澱 沉 待 尚 脈 山 央 中 做 叫 線

溪 水 濁 為

# 泛神論者的領土宣言

我是始祖鳥我是長毛象
我是雷龍　西伯利亞野牛
我是帝王斑蝶
短尾信天翁
我是台灣雲豹

我到過鎬京　斯巴達
　　波斯　拜占庭
我變身麒麟　鳳凰
　　半人半馬

我比貔貅
更貔貅

我占領所有生靈的夢
我本是宇宙活化石

我是封印木　裸蕨
紅茄苳　狗舌草
我是日月潭羊耳蒜
永遠的奧古斯都

我到過海王　冥王
寶瓶　仙后　獵戶座
到過天琴　摩羯　南十字
我在星星的國度播種遙遠

我……我……

我是一息尚存的櫻花鉤吻鮭

# 蘋果吾愛

一．

蘋果含毒
任感官剝離
放空去殖民新樂園
羞恥的樹葉
遮蔽生命的果核
不履神仙疆界
寧願名字　漂流
在小行星上

二

朝著愛的地心
有目的地
　落下來
蘋果模擬頭顱
不自由落體
在枝椏與塵土
　物理與哲學間
構成萬有引力

三

名曰靜物
供奉於灰白畫布

向上帝借光
　失焦的時間
一籃受寵若驚的
幾何蘋果　印象了
印象派的
最初印象

四

複製幸福
刪除寂寞
秒殺智慧蘋果
有聲有色復有型
彈指　便一手
掌握天堂在雲端

或者倒懸地球
如蘋果

五

蘋果無愛
青／紅的寫實
肉／靈的象徵
送進蒼蠅
　　浣熊
　　　人類消化道
都把歧義的聖物
快樂成同質的糞便

# 臉書

那是天空垂掛下來的一張張
雲的面具

撲克臉　大眾臉
依樣畫葫蘆
整出來的臉：
雙眼皮　尖下巴
正斜不兩立之鼻
梳妝對鏡玩美百分百的臉

政商掛帥的大花臉
淨旦爭愛的小白臉
行色匆匆的臉
憂心忡忡的臉
盛開是臉
深鎖也是

貓臉　狗臉
擠眉豎耳之際
不乏牛頭馬面的趣味
乃至烏鴉鴉一般降臨
城市面目模糊的臉
幽靈沒有質量的臉

升火吧！眾生之臉

自飛逝的巴士車窗
點燃芸芸眾生
圓的方的金的灰的
熱的涼的甘的苦的
假面旅程——

那是天空滑落下來的一行行
淚的絕句

# 輯五
# 時間的右岸

攝影・戎兒

# 時間的右岸

## 一・時間之花

晨光，犁開
一顆打噴嚏的太陽
亂陣仗的風
終結了冬日霜谷
有所為而來的盛放
是時間之花
要抓就抓住
山頭那株進化版茶樹
好聽村莊訴說
炊煙、禾苗和春色

## 二・時間之舟

路過風景
都成為海上風帆
蕭然北極星，懸桅杆頂
夜的告示牌
繫於烏魚洶湧的天空
時間之舟
搭乘黑潮探險
向南國導航——
島的位置
比北斗更遙遠

## 三・時間之雨

一直期待某種祝福
長在森林門楣
時間之雨如符咒
缺乏閒情為遠人寫信
在這淡綠飄著玄學的天氣
沒有歌劇必須排演
沒有香必須花
更無語。只有
雨落在
全世界

## 四・時間之禽

聽說飛鳥走獸退避到很深
很遠的山裡，狩獵區
雨勢逐漸衰竭
酒後清醒直逼天際
落紅最美，而背脊上的
翎毛仍是清白的
時間之禽又在蠢動
淋漓的晚霞，假如
可以選擇祭禮
請讓鐘聲淹沒曠野

## 五・時間之窗

新廈
矗立半天高
笑看自己飼養的
鴿子飛入別人家鳥籠
時間之窗打開
潛意識的幽暗角落——
掛冠當在早年
掛慮晚景顯得多餘
不如戮力節約
琴棋書劍

## 六・時間之鏡

鎮日為回聲倒影所惑
陽關三疊眾蟬歌唱
闌珊的暑意
擦拭時間之鏡
折射過去到未來——
乘黃鐘訪孔丘
乘白雲探王維
乘潛水艇偵察夢境
乘噴射機飛越童年
乘燈火萬家造夜空一面

## 七・時間之塔

行腳四處為了立錐
獨我行吟
不必設籍
居住香山麗川
時間之塔已淨空
蜜蜂說著悄悄話
水流進來，光流進來
幸福都聽見了
這樣無風無雲的天氣
足夠後半輩子放晴

## 八‧時間之神

再怎樣夜晚的銀河
都不比鏡廳吊燈滿天星
開心讓烈酒洗滌苦旅
讓微笑的桶
淘哭泣的井
時間之神站那邊
天，別在紙月亮底下，問
光線再暗下去
極高地來的使者
會把凡人接過去

## 九・時間之兵

靜坐碉堡
聽海潮談古
自石窗伸展羽翅
槍砲在細雨中摩擦火花
廢墟立正
時間之兵醒著
警戒未知的恐怖份子
換過崗哨，轉身
撲面而來的大海
正是悠久的一座古戰場

## 十·時間之門

水色降臨空屋
壁鐘表情三點八
直指六點半的夜歌
時間之門
洞開為閭——
倚閭等待日落
在中年以後的潮汐裡
沙灘裸露
下午所剩無幾
一壺水兀自沸騰

## 十一・時間之岸

高閣上
諸子獨白
講台下日益空曠
上古飛來的候鳥
空中拼湊著春秋陣式
時間之岸
鴉屍遍地
忽聞電鐘鳴響
腳印，一跨出戰國
陽光下踩到誰的巨靈

## 十二・時間之書

把名字寫在夜空
星與星隔水呼喊
叩響黑暗
以為憑著閃電
就能照亮先賢大哲
筆桿搖晃，東北
季風翻閱的時間之書
精裝，袖珍，絕版
臘梅太燦爛了
竟等量被錯讀成雪

作者簡介

# 陳家帶

台灣基隆出生。政大新聞系畢業，政大長廊詩社發起人。

現為社區大學講師、台大新聞研究所兼任講師、慈心華德福學校藝文教師。

著有詩集《人工夜鶯》、《城市的靈魂》、《雨落在全世界的屋頂》、《夜奔》。

曾獲台北文學獎現代詩首獎、新聞編輯金鼎獎、中國時報敘事詩獎。文學之餘，深喜音樂和電影。

INK PUBLISHING 文學叢書 471
# 聖稜線

作　　者　陳家帶
總 編 輯　初安民
責任編輯　鄭嫦娥
美術編輯　陳淑美
校　　對　陳家帶　鄭嫦娥

發 行 人　張書銘
出　　版　INK 印刻文學生活雜誌出版有限公司
新北市中和區建一路249號8樓
電話：02-22281626
傳真：02-22281598
e-mail:ink.book@msa.hinet.net
網　　址　舒讀網 http://www.sudu.cc

法律顧問　巨鼎博達法律事務所
施竣中律師
總 代 理　成陽出版股份有限公司
電話：03-3589000（代表號）
傳真：03-3556521
郵政劃撥　19000691　成陽出版股份有限公司
印　　刷　海王印刷事業股份有限公司

港澳總經銷　泛華發行代理有限公司
地　　址　香港新界將軍澳工業邨駿昌街7號2樓
電　　話　852-2798-2220
傳　　真　852-2796-5471
網　　址　www.gccd.com.hk

出版日期　2015年12月　初版
ISBN　978-986-387-075-3

定　　價　260元



國家圖書館出版品預行編目(CIP)資料

聖稜線／陳家帶著. -- 初版. -- 新北市：
INK印刻文學, 2015. 12
208面；14.8×21公分. --（文學叢書；471）
ISBN 978-986-387-075-3（精裝）

851.486　　104026337



本書獲國家文化藝術基金會補助出版